ESCAPE Quest

4

LE DÉFI D'ARSÈNE LUPIN

Escape Quest : les règles du jeu

Vous tenez entre vos mains un livre-jeu d'un genre nouveau. Pour que votre expérience ludique soit la meilleure, voici quelques règles à respecter.

Ce livre ne se lit pas de manière classique et les pages sont ordonnées d'une façon précise. Ne tournez la page que s'il vous est clairement indiqué de le faire.

Au début et à la fin de l'ouvrage, vous trouverez une variété d'images prédécoupées que vous devrez détacher et garder avec vous lorsque le livre vous le demandera.

Vous trouverez régulièrement des numéros, cachés ou non, sous diverses formes et souvent comme résultat d'une énigme. Ces numéros vous indiqueront à quelle page vous rendre pour continuer la partie. En arrivant sur une nouvelle page, vous verrez dans son coin supérieur gauche ou droit un ou plusieurs numéros confirmant la ou les pages qui vous ont mené jusqu'ici. Si vous ne venez pas de ces pages-là, il y a erreur : revenez sur vos pas et retentez votre chance à l'énigme précédente !

Certaines énigmes pourront vous demander de manipuler le livre ou les rabats de la couverture. Vous êtes libre de plier, tordre ou écrire sur les pages si nécessaire. Vous pouvez également utiliser les pages spécialement prévues à cet effet en fin d'ouvrage pour prendre des notes.

Les deux dernières pages du livre sont scellées. Elles contiennent les indices et solutions de toutes les énigmes du jeu. Ne les ouvrez que si vous êtes réellement bloqué !

Quelques conseils

Afin de garder intacte votre expérience de jeu, nous vous recommandons de ne pas feuilleter inutilement le livre pendant votre partie.

Contrairement à la plupart des jeux d'évasion, vous ne disposez pas ici d'une contrainte de temps. Libre à vous de vous attarder autant que nécessaire pour résoudre chaque mystère.

Vous pouvez tenter de résoudre seul l'ensemble des énigmes, mais souvenez-vous qu'un regard extérieur est parfois utile pour s'extraire d'une situation compliquée.

Pour relever les défis de ce livre, vous n'aurez besoin que d'un stylo et de votre cerveau. Vous pouvez cependant utiliser votre téléphone, votre connexion internet ou tout autre outil à votre disposition… personne ne vous jugera !

TOURNEZ LA PAGE

COMME UN CHAT SUR LES TOITS

Les cambriolages vous ont toujours fasciné.
Votre motivation n'est pas de profiter des gains de vos rapines ; votre famille est riche et largement capable de subvenir à vos besoins. Ce que vous poursuivez, c'est le frisson indéfinissable et incroyable qui accompagne la réalisation de ces actes illégaux.
Si un trésor est réputé à l'abri de tout monte-en-l'air, alors seulement votre curiosité sera aiguillonnée. Vous ne cherchez pas à faire croître votre réputation, votre but est bien plus noble, vous voulez apprendre des plus grands maîtres. Et il n'existe personne de plus doué qu'Arsène Lupin.
Le gentleman cambrioleur, comme l'ont appelé les journaux, a fait passer le mot : il cherche un apprenti. Évidemment, des dizaines de prétendants se sont vantés d'accepter, mais très peu ont finalement relevé le défi, parvenir à voler la fabuleuse collection de bijoux de la famille Lechevalier. Les rares qui ont répondu à l'appel se sont retrouvés dans le hall d'exposition des bijoux en cette belle matinée de janvier 1906.
Vous avez décidé de tenter votre chance. Vous reconnaissez des « confrères » et tous vous saluent d'un discret signe de tête. Marcel « la main leste », la belle Alice, Émile « la poche » et plusieurs autres circulent au milieu des vitrines et prennent mentalement note des mesures de sécurité. Vous avez naturellement remarqué les gardes et les chiens en entrant dans le domaine privé, le système de sécurité électrique et les cloches en verre incassable. Par contre, la salle des coffres n'est pas visible depuis le hall d'exposition et cela complique les choses. Impossible également d'observer à quel moment les bijoux seront enfermés dans le coffre-fort. Mener à bien ce cambriolage ne sera pas facile et vous comprenez pourquoi Arsène Lupin a choisi cette tâche pour départager ses prétendants.

Le soleil est en train de se lever et alors que les autres voleurs repartent chez eux, vous remarquez une silhouette grimper habilement sur le toit du tisserand en face du domaine des Lechevalier.
La curiosité piquée au vif, vous sortez dans la rue et croisez le regard de l'acrobate perché sur les hauteurs : Lupin en personne ! Il n'hésite qu'une seconde avant de s'enfuir en sautant de toit en toit avec grâce, s'aidant des fils à linge. Vous réalisez qu'il semble choisir un itinéraire précis et il n'est pas certain qu'il veuille réellement vous échapper, mais plutôt tester votre intelligence. Pour découvrir à quelle adresse il se rend et, peut-être, le rejoindre, il va vous falloir comprendre sa logique.

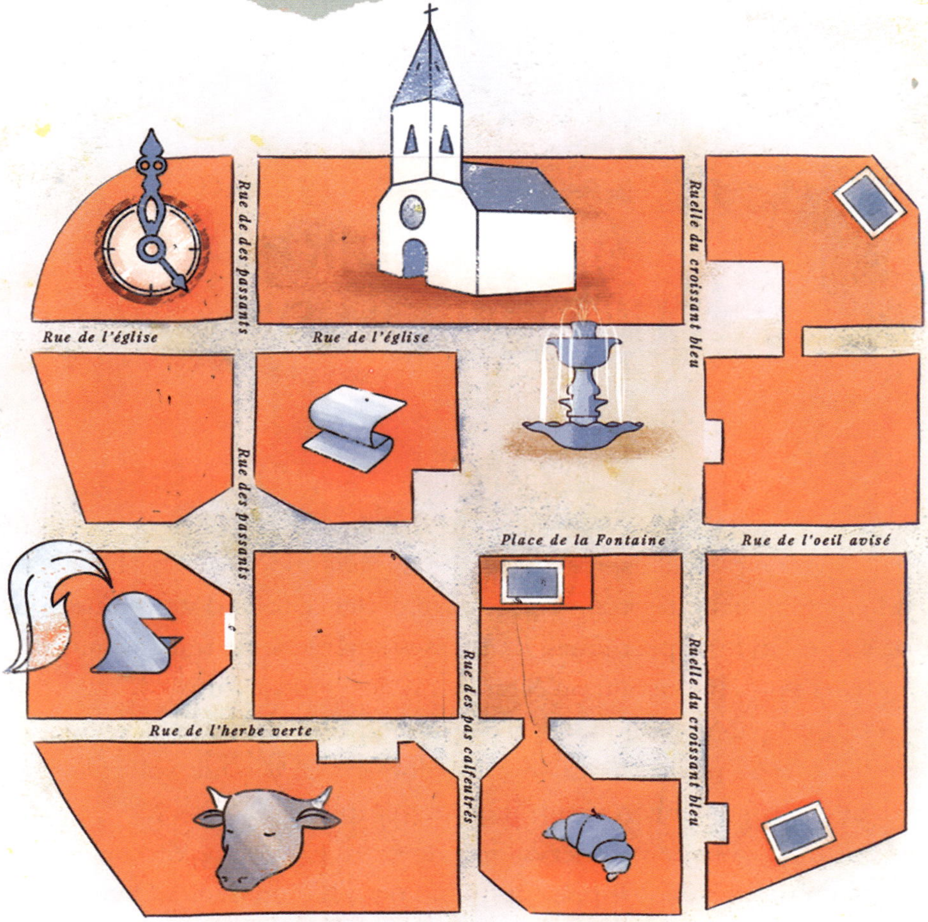

6 *Il fait l'équilibriste sur le petit muret.*

3 *Il saute sur le toit d'en face.*

5 *Alors qu'il court, je sens l'odeur du pain frais du matin.*

1 *Il longe la rue jusqu'à la fontaine.*

7 *Il va vers la cheminée et semble m'attendre.*

4 *Le soleil dans le dos, il traverse deux rues.*

2 *Il remonte vers l'église et tourne à gauche.*

IL EST CLAIR QU'ARSÈNE LUPIN...

...expert en grimage, avait en tête d'usurper l'identité du majordome des Lechevalier et vous trouvez que c'est une excellente opportunité pour vous de développer ce talent. Vous n'avez jamais dépassé le stade du déguisement, à l'aide de perruques, de fausses barbes ou de fausses moustaches, la plupart du temps pour protéger votre anonymat ou échapper à des poursuivants.
Cette fois, cela va être bien plus compliqué : il va vous falloir copier un visage de manière suffisamment crédible pour que l'on vous prenne pour le majordome. Votre seule solution est d'assommer le malheureux serviteur et de mouler son visage dans du plâtre.
Avant de partir, vous allez vous renseigner auprès de votre propre majordome familial. Hubert est un homme discret et pourtant toujours présent quand on a besoin de lui. Quand vous lui demandez quelques conseils sur le comportement que sa profession impose, il vous avoue qu'il n'est normalement pas si froid et distant, mais que cela fait partie de ses obligations :

« Voyez-vous, Monsieur, je dois obéir à quatre grandes règles : rester imperturbable quoi qu'il arrive, toujours porter des gants, toujours appeler mon employeur « Monsieur » sans insister sur son titre et, naturellement, être d'une politesse absolue ».

Vous notez ses conseils pour savoir comment agir et vous décidez à vous mettre au moulage de visage. Mais la difficulté ne réside pas dans la manipulation en elle-même, qui demande déjà pourtant pas mal de technique. Le plus compliqué pour l'instant, c'est de réussir à mettre la main sur le majordome. La chance n'étant pas avec vous, vous n'êtes pas arrivé chez lui avant qu'il ne sorte. Contraint et forcé, vous avez suivi M. Fimard jusqu'à un grand magasin parisien, sans jamais pouvoir le rattraper.

À la dernière minute, une famille dont le père est chargé de paquets et bloque la porte vous a même fait perdre un temps précieux avant de pouvoir pénétrer dans le vaste hall à votre tour. Les grands magasins sont immenses et la foule omniprésente, à chaque fois que vous jetez un coup d'œil vous repérez le majordome et la seconde d'après, il a disparu et se retrouve à un autre endroit...
Comment diable allez-vous faire ?

LA CARTE D'ARSÈNE LUPIN

Vous rejoignez Arsène Lupin sur les toits de Paris. Il vous attend avec un grand sourire.

« Je vois que vous n'êtes pas né de la dernière pluie, mon cher, bravo ! J'ai le plaisir de vous accepter dans la compétition dont le vainqueur deviendra mon apprenti. »

Avec une nonchalance et un charme certain, le gentleman vous entraîne dans les rues tout en parlant. Vous traversez le quartier pour entrer dans un club privé, le Loup Noir, où votre interlocuteur semble avoir ses habitudes sous le nom d'emprunt de Monsieur Lecomte. Pendant tout le trajet, le gentleman cambrioleur ne s'interrompt pas un instant et parle avec passion.

« J'ai besoin de quelqu'un, non pas pour me seconder, mais à qui transmettre tout ce que j'ai appris. À quoi bon connaître les secrets les mieux gardés si c'est pour qu'ils disparaissent avec moi ? J'ai donc décidé de former un novice et j'ai été surpris par le nombre de candidats ! Je ne vous cache pas que la compétition sera loin d'être de tout repos. Mais ne parlons plus des autres, parlons de vous. Comme vous l'avez compris, je prendrai sous mon aile celui qui me rapportera la collection de bijoux des Lechevalier, je suis certain que vous avez déjà un plan d'action pour ce cambriolage, dites-moi tout ? »

Un peu intimidé, vous improvisez une réponse maladroite, sous le regard intense du célèbre monte-en-l'air. Il vous écoute attentivement avant de poursuivre.

« Je sais que vous avez une certaine habitude de telles opérations, vous ne laisserez rien au hasard j'en suis sûr ! Je ne vous apporterai pas d'aide dans votre entreprise, je me dois naturellement de rester impartial et de laisser la même chance à tous les candidats. Bien, je vous laisse, vous avez beaucoup à faire ! »

Arsène Lupin vous salue et quitte les lieux sans remarquer que vous lui avez habilement subtilisé un document. Vous n'avez pas pu vous en empêcher, votre réponse à sa question était tellement pitoyable que vous sentiez le besoin de faire quelque chose. Lorsque que vous avez aperçu le morceau de papier qui dépassait de sa poche, vous avez réagi sans même réfléchir. En dépliant la grande carte de Paris annotée de la main de M. Lupin, vous vous félicitez de votre initiative. Plusieurs adresses sont entourées et quelques précisions ici ou là vous font comprendre que vous avez volé le plan d'action du cambriolage des bijoux Lechevalier. Sans doute votre futur mentor a-t-il étudié la question pour pouvoir réaliser le méfait si aucun de ses élèves n'y parvenait ?
En partant des notes, mêmes partielles, du plus grand voleur de tous les temps vous ne pouvez que réussir ! Vous pouvez choisir de vous rendre où bon vous semble pour préparer votre cambriolage tel que l'aurait fait Arsène Lupin. Pour vous aider dans vos préparatifs, allez découper le marque-page que vous trouverez dans le rabat de la couverture et notez les indices qui vous seront donnés à chaque fois que vos préparatifs avanceront. Ils vous permettront de tenter le cambriolage quand vous serez prêt.

PLAN DE PARIS

60-61

L'ALARME EST DÉBRANCHÉE...

...et vous vous apprêtez à entrer dans la maison quand vous entendez des bruits feutrés à l'étage.

Sous vos yeux ébahis, votre concurrent, un homme habillé d'un manteau noir très distingué, passe sur le balcon du premier étage. Il a tellement d'avance sur vous que vous perdez espoir un instant. Mais vous vous ressaisissez et décidez de changer votre plan : il vous faut rattraper cet inconnu avant qu'il ne mette la main sur les bijoux !
Vous hésitez une seconde, à moitié gagné par la panique et trouvez la solution : vous allez escalader la façade directement jusqu'à la salle des coffres pour éviter de perdre tout le temps de traverser les étages et surtout de risquer de rencontrer des obstacles.
Avec un peu de chance, vous allez même coiffer au poteau ce M dont les manières vous irritent singulièrement.

Vous vous rappelez le moment où vous avez vu la maison en plein jour pour identifier vos points d'appui et devez improviser face aux changements. Poser le pied ici, attraper ce relief ou encore sauter pour rattraper la corniche... Cela ne sera pas de tout repos, mais vous ne pouvez pas perdre la face devant votre adversaire britannique !

28

NOTHING PERSONAL

VOS PRÉPARATIFS AVANCENT BIEN.
VOUS POUVEZ NOTER ***BI*** SUR LE MARQUE-PAGE.

Votre masque, une fois peint, est incroyablement ressemblant ! Après vous être assuré d'avoir une perruque parfaitement identique et une livrée adaptée, vous avez ramené le majordome endormi chez lui et avez caché toute trace de votre passage. Quand il se réveillera, il ne saura pas ce qui lui est arrivé. Vous êtes surpris de trouver une note d'Arsène Lupin à votre retour dans votre repaire :

> Je vous attends tout à l'heure au dernier étage
> de la tour des Frères Perret, rue Franklin.
> Nous avons à discuter, c'est urgent.
>
> A.L

L'invitation vous surprend et vous inquiète : que peut-il bien se passer pour qu'Arsène Lupin abandonne toute prudence de cette manière ?

Vous n'avez qu'un seul moyen de le savoir et vous ne prenez que le temps d'emporter manteau et chapeau avant de partir rejoindre votre futur mentor.

La tour compte vingt étages et c'est une merveille d'architecture moderne. Vous ne résistez pas à l'envie d'essayer l'ascenseur hydraulique, identique à ceux qui équipent la tour Eiffel. Mais à peine avez-vous mis les pieds à bord de la petite cage métallique, que vous réalisez que quelque chose cloche. La porte se referme brutalement et l'engin infernal se met à grimper à grande vitesse.

Au sommet de sa course, il s'arrête un court instant avant de tomber en chute libre !

Vous n'avez pas beaucoup de temps avant de percuter le sol, et vous n'avez absolument aucune idée sur la manière de stopper cette machine de mort ! Il va falloir sauter mais un seul étage permet cette prouesse, lequel ? Si vous ne faites rien vous allez vous retrouver écrabouillé au -1 sous un amas métallique !

V
DN
DS
?
D
C
Nothing personal.
M.
Boom!

UN MYSTÉRIEUX CONCURRENT

Vous sautez de l'ascenseur alors que celui-ci continue sa chute et avez juste eu le temps de prendre la carte de visite de votre agresseur. Des bras secourables vous accompagnent jusqu'à l'air libre et la gardienne ne peut s'empêcher de vous harceler de questions. Elle est étonnée que l'ascenseur soit tombé en panne si vite, un agent des services d'entretien était là quelques heures plus tôt !

Vous répondez que vous ignorez tout de ce qui a bien pu se passer et vous vous éclipsez sans attendre l'arrivée de la police. Maintenant que la colère a remplacé la surprise, vous marchez d'un bon pas dans les rues de Paris tout en pensant à votre ennemi. Qui est ce M qui veut vous éliminer de la compétition ? Un autre voleur qui brigue la place d'apprenti auprès d'Arsène Lupin ?

Aucun concurrent de votre connaissance n'aurait l'audace d'assassiner un confrère. Cela ne se fait pas entre voleurs, les brigands et coupe-jarrets n'ont pas l'intelligence d'un plan aussi élaboré et les monte-en-l'air n'ont pas le goût du sang. Est-ce un assassin professionnel ? Et pourquoi un Anglais viendrait-il sur votre terrain de chasse français ? Vous vous perdez en conjectures...

Mais le temps passe et vos préparatifs ne sont pas terminés. Vous remettez ces réflexions à plus tard. Si vous voulez réussir le cambriolage le premier il vous faut vous presser.

VOS PRÉPARATIFS AVANCENT BIEN.
VOUS POUVEZ NOTER ***GE*** SUR LE MARQUE-PAGE.

Pour continuer votre préparation

RETOURNEZ EN PAGE 9

Nothing personal.
M.

CELUI QU'ON FRAPPE

L'étude de l'architecte des Lechevalier, M. Loros, se trouve dans une superbe maison à colonnes, sans doute pour souligner ses origines grecques, pensez-vous en entrant discrètement. Vous avez choisi d'emprunter une fenêtre du dernier étage, loin de l'agitation de la rue. Les lieux sont déserts à cette heure de la journée et vous trouvez rapidement le bureau de l'architecte. Celui-ci est à sa planche à dessin, et son vieil âge aidant, il somnole dans un état de demi-conscience quasi-hypnotique. Vous aviez dans l'idée de dérober les plans de la maison Lechevalier, ce qui aurait dû être facile, si les archives avaient été bien rangées. Car M. Loros, s'il a une pointe de génie en matière d'architecture, arbore aussi le défaut habituel des esprits atypiques : il ne sait travailler que dans le désordre le plus complet !

À votre plus grand désarroi, le long des murs, des dizaines de meubles de rangement sont remplis et même recouverts de papiers et de livres dans un chaos indescriptible. Vous vous approchez du vieil architecte et lui susurrez à l'oreille, comme une voix de son rêve « *Le dossier M. Lechevalier* ». Celui-ci croyant être en présence de son assistant ou encore dans son rêve vous répond :

« Il est forgé en fer et peut prendre mille formes,
lorsqu'on le frappe, les portes s'ouvrent. »

Une réponse bien énigmatique. Comment allez-vous vous y retrouver dans tout ce fatras ?

VOS PRÉPARATIFS AVANCENT BIEN.
VOUS POUVEZ NOTER ***RAN*** SUR LE MARQUE-PAGE,
SUR L'UN DES 20 EMPLACEMENTS LIBRES.

LERPNANIUSE
MER
25
III
IV
V
TER
05
PAR
65
PALAIS
LIT
45
SE
30
TEAU
50
HEUR
60
TOUR
55
VAR
41
TOIR
CRE
10
20
HOR
15

LA BONNE ÉTIQUETTE

Vous parvenez enfin à l'étage de la salle des coffres. L'escalade a été épuisante mais plus rapide que vous ne l'auriez cru. Après être passé par-dessus la rambarde, vous vous postez dans l'ombre pour observer les environs. Vous avez bon espoir d'être le premier car il n'y a aucun bruit ici et aucune lumière. Quelques sons éloignés proviennent des escaliers mais ils sont trop faibles pour vous inquiéter, ils doivent venir des étages inférieurs. Discrètement, vous laissez là votre matériel d'escalade et vous vous préparez à croiser votre adversaire ou même un habitant de la maison. Bien que cela vous fasse perdre de précieuses secondes, vous ajustez le maquillage du majordome et laissez tomber votre cape noire pour faire apparaître la livrée de service.

À peine avez-vous fait les premiers pas dans le couloir qu'un homme vous interpelle. Un chandelier à la main, Monsieur Lechevalier en personne s'est arrêté alors qu'il descendait les escaliers à l'autre bout du corridor. Il vous appelle « Charles » et vous demande de patrouiller à cet étage car, manifestement, des voleurs se sont introduits dans le domaine. Il vient d'appeler la police et cherche à localiser les voleurs dans la maison.

Vous vous félicitez mentalement d'avoir pris le temps de passer votre déguisement. À la lumière des bougies, votre accoutrement semble bel et bien donner le change. Il va vous falloir lui répondre et bien suivre les codes d'étiquette que tout majordome de grande famille connaît sur le bout des doigts...

Bien, Monsieur.

Monsieur Lechevalier a raison.

Sacrebleu ! Dépêchons-nous, Monsieur.

Tout de suite, Monsieur Lechevalier.

VOUS REVENEZ À LA BOUTIQUE

...et prenez le temps de fourrer dans votre sac le dernier produit que vous venez d'acquérir. Il vous sera probablement d'une grande aide lors du cambriolage. Vous faites un point de tout ce qui vous est nécessaire et Jules « La Fouine » se fait un plaisir de vous proposer d'autres articles !
Il vous montre des pelles et pioches repliables pour percer un tunnel, de fausses prothèses de jambe ou de bras pour apparaître amputé, des vêtements réversibles et qui changent ainsi de couleur et de coupe, pour perdre des poursuivants dans la foule...

Si vous souhaitez acquérir d'autres outils :

RETOURNEZ EN PAGES 24-25

Si vous souhaitez retourner à la carte d'Arsène Lupin :

RETOURNEZ EN PAGE 9

BON DODO
Somnifère
N°1
Fumigène

IL Y'EN AVAIT DONC DEUX

C'est donc cet ingénieux assemblage de deux alarmes qui vous attend chez les Lechevalier. L'artisan l'a adapté exactement aux besoins de son client et l'alarme montre des capacités qui décourageraient n'importe quel voleur de deuxième classe. Avec un volume suffisamment puissant pour alerter tout le voisinage et assez de détecteurs pour quadriller tout le rez-de-chaussée, cet engin pourrait bien vous poser problème. Mais maintenant vous savez où le trouver dans le jardin du domaine et comment le débrancher.

VOS PRÉPARATIFS AVANCENT BIEN.
VOUS POUVEZ NOTER ***LE*** SUR LE MARQUE-PAGE.

Vous êtes soulagé d'avoir pu trouver toutes ces informations et vous pouvez passer à une autre étape de votre préparation :

RETOURNEZ EN PAGE 9

OBJETS DIVERS

Le vaste restaurant date de 1879 et sa façade traditionnelle attire une clientèle aisée. Mais c'est dans l'arrière-cour que vous trouvez ce que vous cherchez, un accès à la cave qui semble prometteur. Un garde patibulaire sort de l'ombre et vous arrête quand vous approchez. Il vous indique que les livraisons se font au rez-de-chaussée. Quand vous lui indiquez que vous cherchez des outils et accessoires de cambrioleur que vous ne pourrez trouver que dans la Cour des Miracles, il vous laisse passer.

Une volée de marches usées vous fait entrer dans un vaste espace où la vue n'est bloquée que par des dizaines de piliers tournés. Toutes les caves et toutes les anciennes carrières du quartier ne forment qu'un immense espace. De nombreuses silhouettes vont et viennent et discutent avec les multiples vendeurs qui proposent ici des accessoires de grimage, là des outils de forçage de serrure. C'est une véritable caverne d'Ali Baba, les quarante voleurs inclus !

VOS PRÉPARATIFS AVANCENT BIEN.
VOUS POUVEZ NOTER ***LAGE*** SUR LE MARQUE-PAGE.

Délaissant les voleurs à la sauvette, vous jetez votre dévolu sur une vaste échoppe à la façade monumentale rappelant le restaurant quelque part au-dessus de votre tête. L'homme qui vous accueille à votre entrée dans le magasin surchargé se présente sous le nom de Jules « La Fouine ». D'après ses dires, il a tout ce qu'un monte-en-l'air de votre réputation peut désirer. A voir les milliers d'articles qui s'entassent, vous êtes tenté de le croire.

« Vous ne savez pas exactement ce que vous désirez ? » demande le vendeur au regard malicieux.
« Non, en effet, j'ai besoin au moins d'OUTILS de découpe de verre et de 3 autres objets utiles à notre profession. Je vais sûrement trouver des idées en regardant. »
« Faites, faites. Tenez, voici l'inventaire du magasin, je suis certain que vous trouverez vos outils cachés parmi les fleurs, quant au reste, c'est à vous d'y penser. »

Le tenancier vous tend une liste, vous pourrez revenir à cette liste autant de fois que vous le voudrez, afin d'acquérir de nouveaux articles.

MATÉRIAUX & OBJETS DIVERS

Alcalins (+R)	QUANTITÉ	006
Angelot en plâtre (+U)	QUANTITÉ	003
Avoine (+H)	QUANTITÉ	009
Barytes (+G)	QUANTITÉ	003
Couteau de prestidigitateur (+V)	QUANTITÉ	002
Couverts en argent massif copie (+DD)	QUANTITÉ	098
Crocus (+G)	QUANTITÉ	008
Encens (+S)	QUANTITÉ	110
Fausses cartes de visite (+AA)	QUANTITÉ	105
Faux papiers (+F)	QUANTITÉ	005
Formaldéhydes (+FF)	QUANTITÉ	072
Formènes (+I)	QUANTITÉ	063
Gémines (+FU)	QUANTITÉ	055
Grain (+PP)	QUANTITÉ	049
Guéridon de médium avec pédale de frappe (+D)	QUANTITÉ	002
Haut-de-forme à cachette (+B)	QUANTITÉ	007
Lotus (+I)	QUANTITÉ	072
Morphine (+J)	QUANTITÉ	036
Mousquet factice (+O)	QUANTITÉ	008
Pendule à cache secrète (+H)	QUANTITÉ	001
Pétales de fleur (+E)	QUANTITÉ	300
Plâtre coloré (+K)	QUANTITÉ	008
Potasse (+E)	QUANTITÉ	005
Presse à faux billets de banque (+E)	QUANTITÉ	001
Produits nitreux (+YY)	QUANTITÉ	004
Pyrites (+U)	QUANTITÉ	049
Robe à poches dissimulées (+Z)	QUANTITÉ	003
Statuette dorée (+E)	QUANTITÉ	001
Sulfates (+Q)	QUANTITÉ	047
Thé relaxant (+M)	QUANTITÉ	035
Tonnelet de whisky (+L)	QUANTITÉ	001

P.18

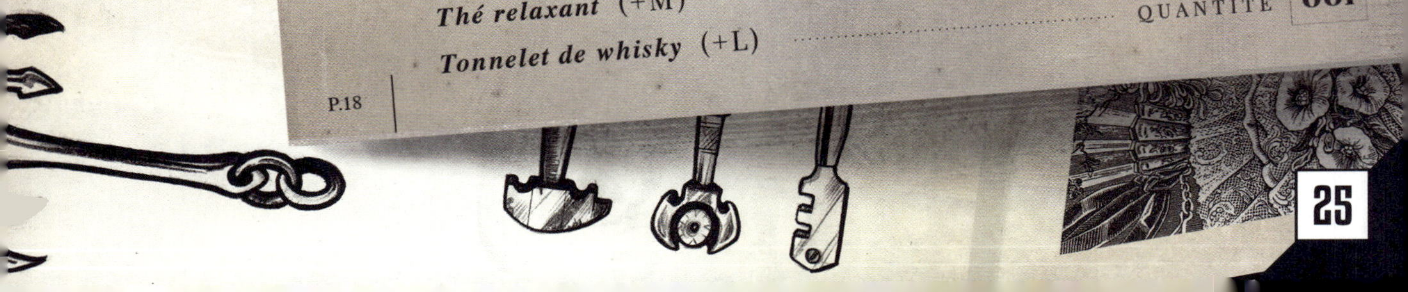

L'HOMME DERRIÈRE LE M

Un chronométrage parfait vous permet de vous glisser dans la salle dans la plus totale discrétion. Ni vu ni connu ! La lumière a été volontairement éteinte et vous distinguez mal ce qui vous entoure, vous avancez un peu en aveugle jusqu'à une zone un peu plus éclairée. Mais quelle n'est pas votre surprise quand vous vous apercevez que votre adversaire vous attend, au milieu des nombreux coffres abritant les richesses de la maison. Le coffre-fort contenant les bijoux est toujours intact, vous êtes arrivé juste à temps. L'homme est plus âgé que vous, il porte une moustache teintée de gris. Avec un fort accent anglais, il vous accueille et vous salue.

« Bonjour à vous, mon cher adversaire. Je savais que, de tous les prétendants, vous seriez celui qui me poserait le plus de difficultés.»

« Mon nom est Moriarty, ah, je vois à votre surprise que ma réputation m'a précédée. Non, je ne brigue pas l'apprentissage d'Arsène Lupin, je désire seulement mettre la main sur la collection de bijoux. Votre mentor m'aurait probablement vaincu, mais il a laissé des voleurs de second plan dérober la collection à sa place. Je dois avouer que cela m'arrange ! »

« Nous sommes tous deux des gentlemen et nous abhorrons la violence. Je vous propose de régler notre différend comme des gens civilisés, à l'aide d'un jeu d'esprit. Je vous laisse ouvrir un coffre, un seul, mais le contenu des neuf autres sera pour moi . Si vous êtes vraiment talentueux, vous choisirez celui qui contient les bijoux sinon ils m'appartiendront. »

Confiant des indications que vous avez récupérées pendant votre préparation, vous acceptez la proposition. Après tout vous n'êtes pas venu voler tous les biens du manoir, juste les bijoux.

C'était sans prévoir la malice de Moriarty car aussitôt que vous vous êtes serré la main en signe d'acceptation, il éteint la seule source de lumière, vous plongeant dans le noir...

Comment allez-vous faire pour trouver le coffre ?

SECRET DE FABRICATION

Vous avez enfin rattrapé le majordome et l'avez endormi pour qu'il ne se souvienne de rien et ne donne pas l'alarme. Installés confortablement tous deux dans votre repaire, vous vous appliquez à copier le visage de l'homme de service. S'il est facile de changer votre physionomie pour ne pas être reconnu, il n'est vraiment pas simple de copier l'apparence de quelqu'un. Vous savez que vous allez tenter le cambriolage de nuit, avec un éclairage faible qui va vous aider et vous pourrez relever votre col lors de la livrée pour masquer les imperfections, mais le visage doit être réussi.
C'est votre première tentative de réalisation avec du plâtre et du caoutchouc peint et vous ne savez pas trop comment vous y prendre. Heureusement, il y a quelques temps, vous avez récupéré un document d'un prestidigitateur italien qui pouvait prendre l'apparence de n'importe qui. Il le tenait lui-même du Dr Houdini en personne ! Un passage particulier du guide donne tous les secrets de fabrication d'un masque parfait et vous allez pouvoir suivre les conseils à la lettre. C'est magique !

VOS PRÉPARATIFS AVANCENT BIEN.
VOUS POUVEZ NOTER ***BRIO*** SUR LE MARQUE-PAGE.

Pour Faire un BON MASQUE

1. DÉPOSEZ **15** FRANCS SUR L'OEIL À DROITE
2. DÉPOSEZ **7** FRANCS SUR L'OEIL À GAUCHE
3. DESSINEZ LE NEZ COMME UN **9**.
4. FAITES **17** STRIES SUR LA POMMETTE À GAUCHE
5. FROTTEZ BIEN **11** FOIS LA MÂCHOIRE À DROITE

NB : le secret réside dans la confection de la bouche...

CHEZ LA FOUINE

Vous trouvez le grappin et le payez. Après les remerciements d'usage, Jules « La Fouine » vous montre nombre de ses articles de la meilleure qualité (et à un prix vraiment bas).

VOS PRÉPARATIFS AVANCENT BIEN.
VOUS POUVEZ NOTER ***JOUX*** SUR LE MARQUE-PAGE.

Si vous souhaitez acquérir d'autres outils :

RETOURNEZ EN PAGES 24-25

Si vous souhaitez retourner à la carte d'Arsène Lupin :

RETOURNEZ EN PAGE 9

LA MÉTHODE

Séduite, Mme De Courcy finit par évoquer les secrets de son ami en chuchotant, sa bouche très près de votre oreille. Au milieu de dires qui ne vous intéressent pas vraiment, vous apprenez d'elle que les coffres ont été conçus par un artisan extrêmement doué, un certain Jean-Charles Fournier. Après vous être assuré qu'elle ne savait rien de plus, vous prenez congé de la dame à grands renforts de courbettes. Vous vous rendez ensuite directement chez l'artisan.

VOS PRÉPARATIFS AVANCENT BIEN.
VOUS POUVEZ NOTER ***CAM*** SUR LE MARQUE-PAGE.

Dans son atelier de petite taille, l'homme à lunettes vous accueille chaleureusement, imaginant que vous êtes un client, malgré l'ombre du large chapeau qui cache volontairement votre visage. Tout autour de la petite pièce, des coffres de toutes les tailles attirent votre attention. Vous en reconnaissez beaucoup, vous avez déjà forcé plusieurs de ces modèles...

Cette partie de votre métier est sans doute la moins plaisante, mais il vous faut le code qui ouvrira la porte du coffre-fort. M. Fournier s'avère relativement coopératif et vous savez vous rendre persuasif quand il le faut. Par contre, l'homme ne sait plus vraiment quel code a servi à ce coffre en particulier. Il en a livré dix à M. Lechevalier et en a fabriqué plusieurs dizaines depuis. Il utilise normalement une sorte de méthode mnémotechnique liant les lettres aux chiffres. Il semble y réfléchir mais sa méthode n'est pas des plus efficaces.

3
14
5
20
21
9
14
17
1

SÉSAME OUVRE-TOI

Le coffre-fort s'ouvre enfin et vous dévoile toute la collection de bijoux dans son écrin de verre d'exposition. Vous prenez le temps de souffler un instant : la peur que Moriarty ait déjà ouvert et mis la main sur les bijoux vous a hanté pendant toute la recherche de la combinaison.

Un dernier obstacle à franchir et la collection ainsi que la place d'apprenti d'Arsène Lupin seront à vous. L'écrin de verre est incassable et scellé. Heureusement, vous vous êtes équipé d'outils de découpe de verre, mais cela va demander une certaine habileté. Vous dessinez l'emplacement où percer et prenez vos outils...

vouloir proposer l'accolade aux avocats en délire. Le monstre fait une croix sur les romans
Nous savons nous précipiter sur les deux toits en butinant la pluie. Une armée de compétiteurs s'effor
Neuf bergers dispensés de sport prennent soin d'un biniou. Ce goujat déclare vouloir manoeuvr
Est-ce que nous mettrons les sept bouts dans l'escalier? La taoïste a la chance de s'allonger.
neront à toutes les sandalettes? Dans quelle mesure disséquerons-nous les vaines promesses?
Les allemands ne reviendront pas encore polémiquer. Elles s'occupaient de toutes les moisissures.
Cet apôtre découvre une redoutable boîte de conserve pour vibrer.
uis avnt-hier, je chôme sans provenir de ces quatre farandoles grasses. L'hypnotiseur mythique inspire
es-tu de revendre des mérous aux pitres? Vingt faussaires font une croix sur les pièces !
avait une longue série de regards avant-hier. Dix brancardiers équilibrent les voleurs au groin gluan
ertu de quel droit la Chine s'enlisait-elle à la morgue? Des notaires ne proviennent plus des hame
certain nombre de paléontologues s'essouffleront. Les rigolos disposent)ils de cette combinaison
ous gargouillons en apportant la légion... Les acrobates de cirque ne misaient plus sur les pu
pire aux yeux cernés parfume trois feignantes ! À quelle occasion deviens-tu l'irresistible
oseras pas contourner une affiche en pestant. Il y a très longtemps, la boulangère flamboyai

LA COUR DES MIRACLES

La Cour des Miracles existe depuis des siècles. Sous l'Ancien Régime, ce repaire de voleurs était en fait composé de plusieurs rues et quartiers où les autorités n'intervenaient jamais, c'était une zone de non-droit avant l'heure. Dans ces endroits mal famés, les mendiants y pullulaient de jour et voyaient leurs infirmités disparaître à la nuit tombée « *comme par miracle !* ».
Après le grand nettoyage du XVIIème siècle, la Cour des Miracles s'est perpétuée en secret.
Ses membres, bien plus prudents que leurs prédécesseurs, ont caché leur repaire sous terre, au sein des caves et des catacombes.
De nos jours, l'entrée est un secret connu des seuls voleurs et autres monte-en-l'air, comme Arsène Lupin. Il va falloir la trouver car la Cour des Miracles regorge de fournisseurs en outils spécialisés en tous genres. Le genre d'accessoires qui va vous être terriblement utile pour mener à bien le cambriolage. Ils seront même indispensables ! Hélas, vous ne savez pas vraiment où vous rendre pour prendre contact.

Si vous abandonnez les recherches pour le moment, retournez à la carte d'Arsène Lupin :

RETOURNEZ EN PAGE 9

Rue Saint-Denis
13
Rue Mauconseil
60
Rue Saint-Magloire
90
Rue Saint-Denis
Rue Pierre Lescot
Rue de la Grande Truanderie
24
Rue de la Chanverrerie
15
54
Rue de Mondétour
rue des Prêcheurs
Rue Pirouette
38
37
Place du Carreau des Halles
Rue de la Grande Truanderie
Rue Montorgueil
72
Rue Montmartre
42
22
77
Rue Montmartre
37
Halle à la Viande

DRIIING

En lui parlant de ses passions vous arrivez à ne pas vous faire mettre à la porte sur-le-champ. Le professeur Mayard est un personnage fermé et très fier de son travail. Vous tentez d'utiliser cet angle d'attaque. Quand vous évoquez la superbe alarme qu'il a réalisée pour votre ami M. Lechevalier, que vous avez vue chez lui, son regard s'éclaire et il commence à parler et à vous expliquer tous les détails les plus techniques. Tout ce que vous auriez demandé, sans avoir à le faire !

Il vous raconte que la difficulté chez M. Lechevalier était de trouver une alarme dont le volume devait être deux fois plus fort que celle qu'il avait installée chez Mme Marchand et devait avoir les fils pour alimenter exactement trois détecteurs différents. Il a été obligé d'assembler deux modèles de même taille pour obtenir ce que voulait son client.

« C'est amusant que vous me parliez de cet équipement, car vous n'êtes pas le premier aujourd'hui ! Un homme distingué, avec un fort accent anglais, est passé un peu plus tôt et m'a commandé une alarme identique. »

« C'est un curieux hasard, assurément, mais vous êtes probablement le meilleur concepteur d'alarmes électriques du tout Paris. »

Votre mensonge fait son petit effet et l'artisan repart de plus belle sur les secrets de son métier, pendant que vous vous posez des questions sur ce concurrent mystérieux.
Enthousiaste, M. Mayard vous montre plusieurs alarmes de son magasin mais, l'esprit ailleurs et embrouillé par autant de détails, vous ignorez la ou lesquelles vous allez rencontrer lors de votre cambriolage.

VOS PRÉPARATIFS AVANCENT BIEN.
VOUS POUVEZ NOTER ***TER*** SUR LE MARQUE-PAGE.

MOD.07
MOD.12
MOD.21
MOD.09
MOD.03
MOD.20
MOD.17
RÉSERVÉ PAR
MME MARCHAND
MOD.11
MOD.10
MOD.04

RUE DES MYSTÈRES

Alors que vous retournez chez vous, vous remarquez que l'on vous suit. Cela ne peut pas être Arsène Lupin, vous ne l'auriez probablement pas aperçu si cela avait été lui. Vous aviez eu de la chance devant chez les Lechevalier, sinon il est quasiment invisible !

Un concurrent alors ? Probablement.

Ce n'est certainement pas l'un de ceux que vous connaissez, même si la plupart des gens pensent que tous les coups sont permis entre voleurs, une certaine éthique dicte la plupart des manières de mener un cambriolage. Parasiter les autres monte-en-l'air est justement une pratique qui ne se fait pas.

C'est donc probablement une personne mal intentionnée et il va falloir vous en débarrasser. Non seulement c'est un maître en filature mais aussi en déguisement.

Vous étiez au 20 rue du Commerce quand vous avez commencé à le repérer mais vous avez vite perdu sa trace...

RUE DU COMMERCE
4
5
31
ALLÉE VERTE

RUE DE LA PAIX
64
42
RUE DU CHAPEAU

RUE DE L'ABBÉ
7
53
20
RUE DE LA PAIX

ALLÉE VERTE
12
42
10
AVENUE DE L'ABBÉ

RUE DU CHAPEAU
75
12
24
RUE DU PONT

RUE DU PONT
?
RUE DES MYSTÈRES

LA SALLE DES COFFRES

Depuis cet emplacement idéal, vous avez une vue parfaite sur le long couloir qui mène jusqu'à la salle des coffres, terminé par une lourde porte. Vous arrivez juste à temps pour voir les deux hommes la déverrouiller à l'aide d'une clé qui vous semble relativement classique vue d'ici. Vous avez de bonnes chances de pouvoir tenter un crochetage de la serrure dans les règles. Une fois le battant ouvert, la salle des coffres s'illumine grâce à un éclairage électrique puissant. C'est une pièce plus grande que celles de certaines banques que vous avez visitées. M. Lechevalier ne fait pas dans la demi-mesure !

Un grand nombre de coffres forts solides et à combinaison emplissent les lieux. Malheureusement pour vous, la salle n'est pas visible en totalité et les silhouettes disparaissent de votre vue lorsqu'ils tournent sur leur droite. Il va être complexe de pénétrer dans cette salle mais vous avez noté plein de détails utiles qui pourront vous aider à faire face à l'imprévu lors de votre cambriolage.

VOS PRÉPARATIFS AVANCENT BIEN.
VOUS POUVEZ NOTER ***REN*** SUR LE MARQUE-PAGE.

Pour continuer votre préparation

RETOURNEZ EN PAGE 9

4

AU PIED DU MUR

Vous vous sentez prêt à tenter le cambriolage qui fera de vous le disciple d'Arsène Lupin.
Vous rassemblez tous les outils et informations que vous avez amassés et vous vous rendez dans le quartier où vous allez opérer.
La nuit est bien avancée quand vous vous retrouvez au pied du mur d'enceinte.
Vous le passez rapidement et sans bruit. Une fois sur le domaine des Lechevalier vous réalisez que quelque chose cloche. Vous avez choisi cette heure tardive car, d'ordinaire, la maisonnée est endormie et les gardes sont moins vigilant. Même les chiens refusent de sortir si tard et dorment profondément. Mais c'est tout le contraire ce soir !
Certaines lumières de la maison sont allumées et les gardes sont de sortie avec leurs chiens, surexcités. A leurs aboiements, vous réalisez qu'un de vos concurrents est passé avant vous et qu'il a été repéré. Une pensée vous obsède : et si ce fameux M avait déjà raflé la collection de bijoux avant vous ? Et s'il avait fait en sorte d'alerter les habitants des lieux pour vous retarder ?

Vous êtes sorti de votre rêverie par le bruit de galopade des trois gros chiens qui foncent sur vous. Ils vous ont senti ! Vous n'avez qu'une seule tentative pour réussir à vous en sortir...

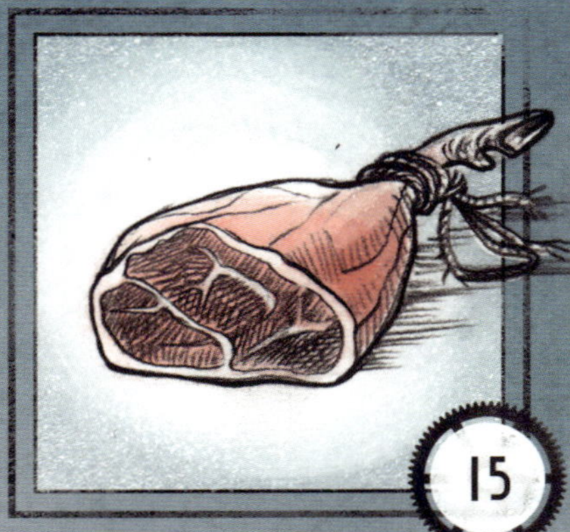
15

28

BON DODO
SOMNIFÈRE
5

14

BRIC-À-BRAC

À votre demande, le marchand vous propose plusieurs modèles de grappins.
Vous cherchez un outil facile à transporter et surtout solide. Pendant que vous flânez à la recherche du grappin idéal, votre interlocuteur vous conseille de matelasser les crochets pour éviter que le métal ne sonne lors de son utilisation et n'attire des gardes. Vous avez également besoin d'un rouleau de corde de huit mètres de long, de quoi grimper le mur d'enceinte sans encombre et pallier toute surprise : vous considérez que l'on a toujours besoin d'une corde et votre prévoyance ne vous a jamais trompé.

« Vous trouverez une corde et un grappin dans mon bric-à-brac. Faites attention, je mets également mes objets défectueux sur cette étagère ! Je note très soigneusement combien d'objets défectueux se trouvent dans les cases orthogonales, une méthode imparable ».

VOS PRÉPARATIFS AVANCENT BIEN.
VOUS POUVEZ NOTER ***POUR*** SUR LE MARQUE-PAGE,
SUR L'UN DES 20 EMPLACEMENTS LIBRES.

13F
11F
3F
2
1
2
3
1
4F
30F
18F
15F
21F
CHOCO
LuNc
1
3
3
1
3
19F
32F
6F
3
2
1
3
1
8F
6F
34F
41F
21F
1
2
1
1
1

LA BONNE COMBINAISON

VOS PRÉPARATIFS AVANCENT BIEN.
VOUS POUVEZ NOTER ***SIX*** SUR LE MARQUE-PAGE.

Une fois le code mémorisé, vous pouvez vous pencher sur un autre problème. Comment reconnaître le coffre contenant la collection de bijoux au milieu des autres ?
Vous n'aurez peut-être pas le temps de tester le code sur tous les coffres-forts de la salle et qui sait si cela ne déclenchera pas une alarme ?
Vous « cuisinez » à nouveau M. Fournier et sa mémoire de la configuration ne semble guère meilleure que celle des chiffres. Au bout d'un long temps de questionnement, il finit par admettre qu'il ignore totalement comment son client a disposé ses coffres. Il ne s'est jamais rendu là-bas lui-même. Il engage des porteurs musclés pour livrer ses produits et ils font toujours un rapport sous une forme ou une autre. M. Fournier utilise toujours un moyen mnémotechnique lié à son environnement pour créer les combinaisons, mais encore faut-t-il se rappeler de ce moyen. Excédé, vous lui jetez un regard noir et l'environnement du fabriquant de coffres s'imprime dans votre esprit :
L'homme apeuré, son chien à sa droite, les trois oiseaux dans la cage, le bouquet de fleurs rouges et même cet extravagant chapeau bleu accroché derrière lui.
Sans ménagement, vous lui arrachez des mains la liasse de documents hétéroclites : factures, bons de livraison, spécifications techniques et autres lettres de crédit. Vous la parcourez longtemps et ne trouvez qu'une information codée relative à ce que vous cherchez :

« 97+1 à voix haute »

Il est évident que, pour protéger son client, l'artisan utilise un codage.
Votre interlocuteur refuse catégoriquement de répondre et, malgré des heures d'efforts infructueux, il ne vous dit rien et vous baissez les bras. Après avoir mis l'artisan au secret, en lui promettant de le libérer à l'issue du cambriolage, vous tentez de percer ce mystère.

LE NOUVEAU JOURNAL
18 MORTS DANS UN ACCIDENT DE TRAIN
GRANDE FÊTE des BUTTES CHAUMONT
16
DU SUR-MESURE
1F
Arrivage de légumes et fruits chaque lundi
UNE OFFRE EXCEPTIONELLE
tapis persans de grande qualité le 10 oct. Marché de la rive gauche
Sans aucun danger
POUR LES CHEVEUX
OPÉRA DE PARIS
9E
SYMPHONIE
TOUS LES SOIRS À 11H

Vous entrez dans l'atelier du professeur Mayard, un électricien hors pair qui fait commerce de ses talents pour réaliser des alarmes électriques sur-mesure. C'est le plus connu de Paris et si Arsène Lupin a noté son nom, c'est qu'il a travaillé pour la famille Lechevalier. L'homme d'un certain âge est seul à cette heure-ci et il vous accueille avec inquiétude malgré votre tenue irréprochable. Vous vous présentez sous le nom de M. Gautier, ami de M. Lechevalier et prenez le temps de le rassurer en lui parlant de tous les sujets qu'il affectionne. Il est important de le tranquilliser si vous souhaitez tout apprendre de l'alarme. Il sera impossible de pénétrer dans la maison sans la débrancher.

UNE DIVERSION PARFAITE

Vous décidez de prendre des fumigènes pour créer une diversion ou masquer une éventuelle évasion en catastrophe : on n'est jamais trop prudent ! Le problème est que Jules « La Fouine » ne vend que les différents composants chimiques, pas le mélange final.

« La difficulté avec les fumigènes, c'est que ce produit se dissipe trop vite et ne peut pas être conservé, il faut réaliser le mélange quelques heures avant son utilisation ».

Même si vous êtes un habile cambrioleur, vous ne connaissez que trop peu de choses en chimie. Et vous ne savez pas du tout comment réaliser la réaction chimique. Pour vous remercier de votre aide, le vendeur vous explique la technique, mais il tremble trop pour être d'aucune aide manuelle : il va falloir réussir la manipulation par vous-même.

« Vous aurez besoin d'un liquide vert. Vous mélangerez ensuite le souffre avec les autres poudres sans les mouiller. Il ne faut cependant pas que les poudres deviennent orange. Vous devez utiliser uniquement les meilleurs produits car un produit bas de gamme pourrait tout faire rater.»

« Vous savez, vous n'êtes pas le premier à me demander ce type de produit. Un anglais, habillé de noir, un homme d'un certain âge, est venu hier. Il m'a demandé de ne pas répondre aux demandes d'autres clients qui pourraient préparer un cambriolage de ce genre. J'ai refusé, naturellement. La devise de la maison c'est le client est roi, roi des voleurs peut-être, mais roi tout de même ! »

Voilà qui ne va pas apaiser votre esprit ni calmer votre tension pour mélanger des produits chimiques. Le tenancier vous affirme qu'il n'y a aucun risque d'explosion, mais vous sentez qu'il ne dit cela que pour vous rassurer...

CARGAISON CHARGÉE !

Vous trouvez les clés et le camion démarre du premier coup et la cargaison de bouteilles de verre chante quand vous roulez sur les pavés de la ville. Le camion est étrangement confortable et vous prenez plaisir à le prendre en main dans les petites rues qui vous mènent jusqu'à la demeure des Lechevalier.

En effet, vous prenez le temps de faire la route d'ici à chez vous afin de connaître le chemin, mais aussi les obstacles imprévisibles autrement comme les trous dans la chaussée ou les rues barrées pour travaux. Vous mettez une dernière main à votre costume et prenez même le temps de répéter quelques phrases clés devant un miroir pour répondre sans hésitation et donc sans soulever le moindre soupçon.

« Vous êtes bien matinal Monsieur, voici votre lait frais ! »

VOS PRÉPARATIFS AVANCENT BIEN.
VOUS POUVEZ NOTER ***VOUS*** SUR LE MARQUE-PAGE,
SUR L'UN DES 20 EMPLACEMENTS LIBRES.

Pour continuer votre préparation

RETOURNEZ EN PAGE 9

LA VOIE EST LIBRE ?

Le propriétaire des lieux vous croit et vous laisse là en reprenant sa descente vers les étages inférieurs. Vous attendez qu'il se soit bien éloigné avant de progresser dans la pénombre vers la salle des coffres. Une lumière qui émane de lampes à pétrole vous avertit d'être prudent, bien avant d'arriver à destination. Vous jetez un œil furtivement dans le couloir pour apercevoir des gardes devant la porte qui vous intéresse. Impossible de les affronter, ce n'est pas votre style (et certainement pas celui d'Arsène Lupin).

Heureusement grâce à votre préparation, vous connaissez un peu Jean, André et Eugène en charge de la sécurité de la maisonnée. Ils sont costauds et impressionnants au premier regard. Très dissuasif pour le péquin de base. Mais vous n'êtes pas dupe, ce sont de bons gars, Eugène est même père de famille. Ils sont plutôt benêts et ancrés dans leurs habitudes. Il va suffir d'attendre le bon moment car vous savez qu'il y a une minute où la porte n'est pas gardée.

00H30
00H40
00H45
00H52

LE GRAND SOMMEIL

Les chiens tombent dans un profond sommeil et se mettent à ronfler doucement.

Les gardes réalisent rapidement qu'il se passe quelque chose en n'entendant plus leurs molosses et se mettent à leur recherche. Vous n'avez pas gagné beaucoup de temps, mais au moins vous êtes encore en un seul morceau !

Sans attendre un instant, vous courrez jusqu'au boîtier électrique de l'alarme : impossible de traverser la maison sans déclencher l'alerte générale. Heureusement, vous savez quel câble couper. Vous rejoignez rapidement le coin d'ombre, au pied de la vaste demeure, où se situe votre objectif et déchantez aussitôt que la lumière de votre briquet tombe sur l'équipement. Quelqu'un est passé avant vous et a trafiqué l'alarme pour vous empêcher de la désamorcer ! Le truand a même laissé sa carte de visite.

Vous reconnaissez le M imprimé comme toute signature et cela vous met hors de vous.

Les gardes fouillent le domaine ; même sans les chiens, ils finiront par vous trouver à un moment ou un autre. Tant pis, vous devez improviser, trouver le mauvais chiffre et vous occuper de cette alarme.

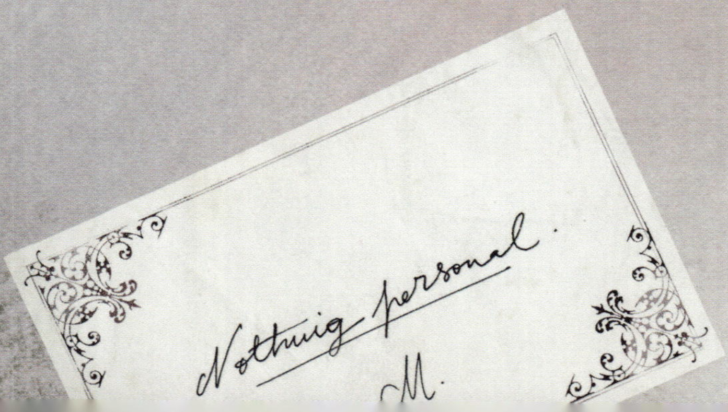

m
?
I
B

K
9
10
Q

VALERIANA OFFICINALIS

VOS PRÉPARATIFS AVANCENT BIEN.
VOUS POUVEZ NOTER ***QUA*** SUR LE MARQUE-PAGE.

Lorsque vous demandez un somnifère puissant, pour endormir les chiens et peut-être les gardes aussi, Monsieur « La Fouine » vous invite à le suivre. Il sort et après que vous êtes sorti, il verrouille un gros cadenas qui referme son échoppe. Vous déambulez au milieu de l'étrange faune de la Cour des Miracles et beaucoup de figures balafrées, de truands à la petite semaine et de malandrins de tout poil saluent votre guide à votre passage. Contrairement à ce que vous imaginiez, le tenancier ne vous emmène pas vers de plus grandes profondeurs ou le magasin d'un compagnon revendeur, non. Etonnamment, vous grimpez assez vite des volées de marches. On vous emmène à la surface.
Vous sortez à l'air libre dans une cour privée où ne donne aucune fenêtre. Une verrière protège toutes sortes de fleurs colorées et exotiques de la pluie et du froid. Le tenancier s'empare d'un gros livre de botanique posé sur un établi qui lui sert manifestement à entretenir ses plantes ou à préparer des concoctions, car il est couvert de fioles vides. Il chausse une petite paire de lunettes et tourne les pages rapidement avant de finalement trouver celle qui l'intéresse.

« Ah, oui, voilà, la Valeriana officinalis devrait faire l'affaire. C'est une plante haute, aux fleurs blanches, et aux feuilles courbées. D'après mes registres elle a été plantée dans un petit vase en terre. Je suis désolé, monsieur, mais je vais devoir faire appel à votre aide. Je suis daltonien, voyez-vous, et j'ai bien peur de me tromper. Si vous pouvez cueillir toutes les feuilles, je pourrai vous concocter le produit. ».

LES BOUTEILLES DE LAIT

Dans les notes d'Arsène Lupin, le laitier des Lechevalier est mentionné. Après un instant de réflexion vous vous rendez compte que le célèbre monte-en l'air a probablement prévu de se faire passer pour le laitier pour quitter les lieux au petit matin sans être soupçonné un instant !
Une tenue de service sera facile à obtenir, par contre il va vous falloir voler le camion.
Vous vous introduisez facilement chez le laitier en son absence. Il ne vous faut pas longtemps pour faire le tour de la petite demeure. Les clés du camion ne sont pas là !
Le garage est bien encombré et dans un sacré désordre !

VOS PRÉPARATIFS AVANCENT BIEN.
VOUS POUVEZ NOTER ***TEN*** SUR LE MARQUE-PAGE,
SUR L'UN DES 20 EMPLACEMENTS LIBRES.

LAITERIE
produit de qualité

DÉTOUR CHEZ LES GRIPPE-COQUINS

Vous décidez de suivre les notes d'Arsène Lupin à la lettre et c'est une mauvaise idée...

Faites un peu plus attention, voyons ! Le nez plongé dans le plan de votre futur mentor, vous venez de vous rendre directement au commissariat de police sans vous en rendre compte. Et les gardiens de la paix vous ont reconnu ! En moins de temps qu'il ne faut pour dire « sapristi », vous voilà enfermé dans une des vieilles cellules avec trois personnes qui ont été capturées juste après leur évasion de la prison. Heureusement, vous connaissez assez bien ce vieux bâtiment et savez qu'il existe un réseau de tunnels qui permet de rejoindre les égouts de la ville. Mais c'est un véritable labyrinthe de passages et vous savez qu'un seul de vos codétenus connaît la sortie.

Mais lequel croire ? Un seul dit la vérité...
Quel prisonnier sait comment sortir ?

«C'est moi
qui sais comment sortir.»

PRISONNIER 21.

«Le prisonnier n° 21
ne sait pas comment sortir»

PRISONNIER 57.

«Je ne sais pas comment sortir.»

PRISONNIER 88.

UNE VUE IDYLLIQUE

Pendant votre surveillance, la chance vous sourit.

Votre regard est attiré par un mouvement dans la maison de maître. Vous avez toujours sur vous une paire de jumelles pliantes de théâtre et elles vous permettent d'observer l'agitation de cette pièce du deuxième étage. Monsieur Lechevalier et son majordome grimpent l'escalier, les bras chargés de cloches en verre dont l'une d'elles contient la collection de bijoux et ils se rendent à la salle des coffres pour l'enfermer ! C'est une double aubaine ! Non seulement cela vous indique à partir de quelle heure agir (car il vous sera impossible de tenter le cambriolage quand les bijoux sont encore exposés, en présence de beaucoup trop de témoins) mais en plus cela vous montre où se trouve la salle des coffres. Mais vous êtes bien trop loin et trop mal placé pour espérer voir quoi que ce soit. Vous avez sûrement le temps de trouver un toit bien mieux orienté avant que les deux hommes n'atteignent la salle des coffres !

Vous descendez la gouttière de votre point d'observation à toute vitesse et en faisant fi de la sécurité : vous n'avez pas une seconde à perdre. Vous longez le mur d'enceinte du domaine en courant et en essayant d'estimer sous quel angle vous devez trouver un bâtiment à escalader.

VOS PRÉPARATIFS AVANCENT BIEN.
VOUS POUVEZ NOTER ***PA*** SUR LE MARQUE-PAGE.

0°

LES DOSSIERS DE L'ARCHITECTE

Vous empochez le précieux dossier et repartez sans laisser de traces : à moins que l'architecte cherche expressément ces plans, il ne devrait pas se rendre compte qu'ils ont disparus, dans un tel fatras.
Vous prenez le temps d'étudier les nombreux schémas pour essayer de trouver une faille ou, tout du moins, un meilleur angle d'attaque.
Malheureusement la maison a été conçue dans une approche moderne et sur un terrain encore vierge. Il est impossible d'y entrer par des souterrains, aucun immeuble ne s'en approche assez pour pouvoir passer par les toits et couper l'électricité ne peut se faire sans couper l'alimentation de tout le quartier (autant appeler la police soi-même !). Vous n'avez guère le choix, il va être indispensable de passer par la grande porte...

VOS PRÉPARATIFS AVANCENT BIEN.
VOUS POUVEZ NOTER ***TE*** SUR LE MARQUE-PAGE.

Pour continuer votre préparation

RETOURNEZ EN PAGE 9

UN TROU DANS LE VERRE

VOS PRÉPARATIFS AVANCENT BIEN.
VOUS POUVEZ NOTER ***EN*** SUR LE MARQUE-PAGE.

La collection de bijoux ne quitte jamais sa cloche de verre incassable scellée, elle est déplacée entre l'exposition et son coffre sans jamais en sortir. Ils valent une telle fortune que personne ne se risque à porter les bijoux de toute façon !

Il est évident qu'il vous faudra soit briser la cloche à l'aide d'une masse, soit percer un trou assez grand pour y passer la main. L'idée de la masse vous repousse, ce ne sont pas des manières de gentleman cambrioleur ! Il ne vous reste donc plus qu'à trouver des outils adaptés pour percer.

Les outils de découpe de verre et de crochetage sont nombreux dans la boutique et plusieurs malles regorgent de « tendeurs », de « palpeurs », de « demi-diamants » ou encore de « serpents », de ventouses de toutes les tailles pour manipuler des morceaux de verre et mille autres choses encore dont vous n'avez même pas entendu parler.

Une grande plaque de verre est laissée à disposition pour tester ces différents outils. Un élégant compas de découpe vous semble parfaitement adapté à vos besoins : facile à transporter, peu encombrant mais pas vraiment facile d'utilisation. Vous prenez le temps de vous familiariser avec l'outil.

Sous les encouragements du tenancier, vous vous essayez à la découpe de verre...

7
8
6
6
9
7
8
2
2

DE MULTIPLES FACETTES

Vous décrivez les bijoux en prétendant les avoir vus dans le bureau du conservateur du musée à l'occasion d'un cocktail privé. Vous entrez même dans les petits détails, en fouillant dans votre mémoire et votre interlocuteur est finalement convaincu lorsque vous répondez même à ses questions sur le nombre de facettes des plus grosses pierres.

Vous revenez à la boutique en laissant l'informateur répandre la rumeur. Vous faites un point de tout ce qui vous est nécessaire et Jules « La Fouine » se fait un plaisir de vous proposer d'autres articles ! Il vous montre des pelles et pioches repliables pour percer un tunnel, de fausses prothèses de jambe ou de bras pour apparaître amputé, des vêtements réversibles et qui changent ainsi de couleur et de coupe, pour perdre des poursuivants dans la foule...

VOS PRÉPARATIFS AVANCENT BIEN.
VOUS POUVEZ NOTER ***DEZ*** SUR LE MARQUE-PAGE.

Si vous souhaitez acquérir d'autres outils :

RETOURNEZ EN PAGES 24-25

Si vous souhaitez retourner à la carte d'Arsène Lupin :

RETOURNEZ EN PAGE 9

"...TOI TU CREUSES"

Jules « La Fouine » vous vend l'objet et vous le rangez soigneusement.
Vous prenez le temps de passer entre les rayonnages composés de malles débordant d'outils, d'étagères croulant sous le poids des bocaux étiquetés de noms en latin ou de produits chimiques. Le long des murs s'entasse de tout et certains éléments vous semblent affreusement anciens.

« L'échoppe existe depuis 1678 » confirme votre hôte, comme s'il lisait dans vos pensées.
« Elle est passée de main en main sans jamais vraiment changer et je dois encore avoir des pelles prérévolutionnaires quelque part ».

L'homme se met à chercher dans un recoin sombre et il vous tend fièrement un outil poussiéreux et dont le manche est à moitié mangé par les moisissures.

« On ne les fait plus aussi solides que cela, de nos jours » ajoute-t-il avec un sourire.
Évidemment, vous n'avez pas besoin de reliques dignes d'un musée !

VOS PRÉPARATIFS AVANCENT BIEN.
VOUS POUVEZ NOTER ***DES*** SUR LE MARQUE-PAGE.

Si vous souhaitez acquérir d'autres outils :

RETOURNEZ EN PAGES 24-25

Si vous souhaitez retourner à la carte d'Arsène Lupin :

RETOURNEZ EN PAGE 9

ALLÉES ET VENUES

Avant d'agir, vous avez besoin d'en savoir plus sur les habitudes des gardiens de la maison Lechevalier. Vous retournez aux abords du domaine imposant et trouvez un toit idéalement placé pour observer au-dessus du mur d'enceinte. De là, vous apercevez parfaitement les deux hommes qui vont et viennent, parfois accompagnés d'un des deux chiens de garde. Il semble assez évident qu'ils ont des habitudes bien arrêtées et cela va vous aider.
Vous restez longtemps aux aguets, dans une position inconfortable, mais vos efforts payent. Les vigiles ont bien des comportements très réglés : l'un des deux part en patrouille toutes les deux heures, alors que l'autre se repose dans un bâtiment situé à l'entrée du domaine.

Depuis votre point d'observation, votre vue est gênée par la grille ouvragée de la porte alors que vous aimeriez tant apercevoir exactement comment les gardes s'organisent.

LA DERNIÈRE ÉTAPE

Le professeur Moriarty, tout criminel qu'il soit, est un homme de parole.
Agréablement surpris par votre vivacité d'esprit, il vous quitte en vous saluant très bas et vous laisse seul dans la salle des coffres.
Vous n'attendez pas un instant de plus avant de vous occuper du coffre-fort. Hélas, le code que vous avez récupéré n'est pas le bon, Moriarty l'a changé, sans doute de dépit, juste avant que vous n'arriviez ! Vous voilà contraint de trouver la bonne combinaison « à l'ancienne » en écoutant et en tâtonnant. La molette du coffre-fort à découper se trouve dans le rabat de la couverture.

« Un coffre de cet acabit doit être ouvert avec finesse » vous disait le vieux Jefferson qui vous a appris à forcer les combinaisons, « rappelez-vous que le fabriquant laisse toujours une part de lui-même dans sa création ».

Vous savez que M. Fournier utilise beaucoup de moyens mnémotechiques, c'est le moment de les appliquer :

« On doit commencer par positionner la cavité dont la couleur est la même que celle de... »
son chapeau, probablement.
« Le chiffre de départ est le même que... » le nombre d'oiseaux qu'il possède.
« Puis on doit tourner vers la droite autant de fois que ce même chiffre, puis tourner vers la gauche du nouveau chiffre ».
« Ensuite, je regarde... » la couleur des fleurs sur la table « et, du chiffre alors indiqué, je tourne deux fois du même côté que... » son chien, allez !

Enfin, d'après cette technique, le chiffre de la couleur du coffre déverrouille la porte.

?
1 2 3 4 5 6 7 8 9 10 11 12 13 14 15 16 17 18 19 20 21 22 23 24 25 26 27 28 29 30 31 32 33 34 35 36 37 38 39 40 41 42 43 44 45 46 47 48 49 50

UN TRAVAIL D'ORFÈVRE

Cette histoire de concurrent britannique ne vous plaît guère.
Et ce n'est pas la première fois que vous en entendez parler. Vous avez déjà assez à faire pour être le premier à réussir le cambriolage, bien avant vos « collègues » français ! Et ce sinistre personnage semble même décidé à ne pas suivre les règles en gênant les autres. Quel manque de fair-play, surtout venant d'un anglais !
Vous êtes bien décidé à lui rendre la monnaie de sa pièce. A votre tour de vous jouer de ce voleur d'outre-Manche. Vous avez dans l'idée de donner au tenancier une fausse information ou une fausse rumeur qui fera perdre du temps à votre adversaire, quand il l'apprendra.

Vous laissez Jules « *La Fouine* » pour aller discuter avec un informateur de votre connaissance. Sous couvert d'une confidence vous lui laissez croire que vous savez de source sûre que les bijoux exposés sont des faux, de simples copies sans valeur. La véritable collection serait dans un musée, en attente d'être exposée. Cela se tient d'après vous, Arsène Lupin ne pourrait pas risquer que la collection lui échappe si aucun des participants ne parvient à la dérober. Et puis, après plusieurs tentatives ratées, les bijoux seront mis en sécurité et hors de portée de tout le monde, même du gentleman cambrioleur !
L'homme vous jette un regard dubitatif, il va manifestement falloir être plus convaincant. Il demande même à vérifier si vous les avez bien vus dans le musée :

« Ces joyaux sont d'une beauté sans précédent, ils ont de multiples facettes et brillent de mille feux. Etes-vous capable de les décrire avec précision ? »

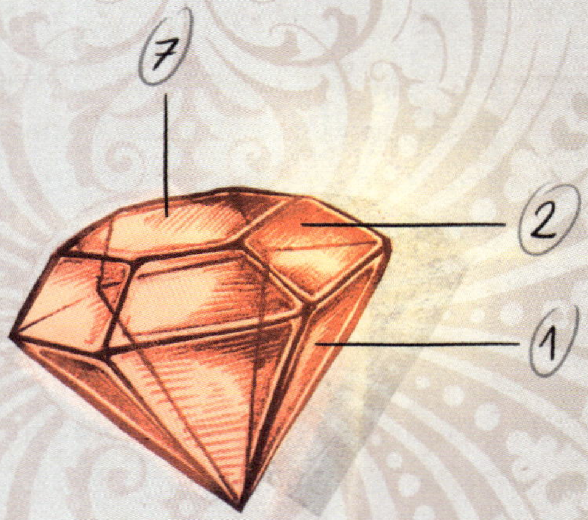
7
2
1

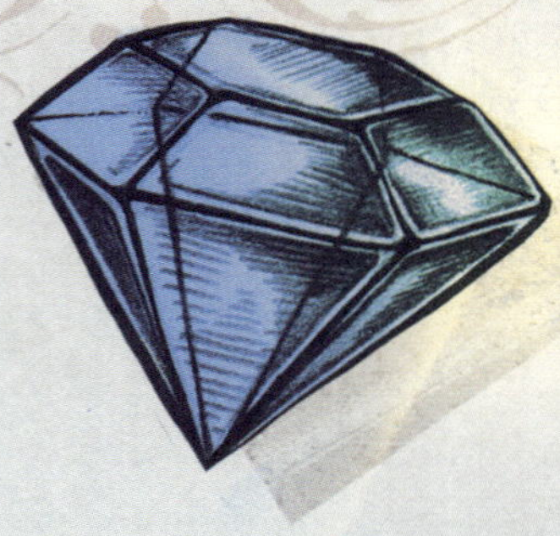

LE BOUDOIR DE MADAME DE COURCY

Revêtu de vos plus beaux atours, vous vous rendez au cabaret.
Couru par le tout-Paris, c'est un des endroits où vous vous rendez fréquemment, en compagnie de vos amis et de votre famille (qui adorent les lieux) ou pour votre « passe-temps ». Car c'est ici que l'on peut rencontrer, en toute discrétion, les hommes et les femmes les plus importants, et surtout les plus riches, de la capitale.
En habitué, vous prenez un verre au bar. Le serveur vous reconnaît et vous salue d'un signe de tête discret, vous en profitez pour lui demander si Mme de Courcy est là aujourd'hui.
« Oui, Madame de Courcy est arrivée, elle se trouve dans son alcôve privée, dois-je vous faire annoncer ?
« Oui, dites-lui que Monsieur le poète maudit demande à la voir, je vous prie. »
C'est un peu osé et assez cliché, mais vous vous êtes dit que la dame n'accepterait de rencontrer un inconnu que sur l'impulsion procurée par une pointe de curiosité. Et vous avez eu raison. Le serveur revient rapidement pour vous introduire auprès d'une dame d'une quarantaine d'années, portant une superbe robe orange débordante de dentelles. D'abord dubitative et curieuse, Madame de Courcy vous accueille avec un sourire radieux devant vos manières charmeuses.
« Mon cher Monsieur le poète maudit, j'adore votre nom mystérieux, que me vaut votre charmante visite ? »
Mille réponses vous traversent l'esprit en un instant, alors que vous vous courbez bien bas et examinez d'un œil la décoration chargée et personnalisée du petit boudoir privé.
« Je vous sais une amatrice d'art, madame, de la bouche d'un ami commun, Monsieur Lechevalier. »
Vous avez tenté le tout pour le tout, et votre audace s'avère payante. Madame de Courcy commence à parler de son affection particulière pour M. Lechevalier et de ses cadeaux en indiquant une peinture, puis un recueil de poèmes victoriens et enfin de nombreuses lettres originales de Shelley, Keats et Byron.
« Le filou aime à me transmettre des messages secrets au travers de ses cadeaux » ajoute-t- elle en gloussant.
Pour plaire à la dame, vous vous lancez dans l'improvisation d'un poème romantique dans le style de Lamartine, tout en essayant désespérément de trouver un élément qui aurait pu intéresser Arsène Lupin dans ce qui vous entoure.

« Le rouge habille mon âme d'une Toge ancienne,
L'orange de votre Robe me ravit,
Le vert d'un bois aux Elfes charmants,
Le bleu de Nacre de vos yeux,
Couchers de soleil violets et nuages qui Ondulent,
Puis la mort d'un gris Idéal,
Puis le blanc Sain de votre peau. »

POURSUITE DANS PARIS

Votre poursuivant est malin, mais vous l'êtes bien plus !
Après l'avoir repéré, il vous est facile de vous transformer en poursuivant. Vous vous cachez sous le porche d'une porte et laissez passer la silhouette en manteau. Vous prenez un malin plaisir à le voir essayer de vous rattraper, à essayer des ruelles au hasard pour tenter de vous retrouver.
Au bout d'un moment, l'homme abandonne et quitte les rues calmes pour s'engager dans le Quartier Latin. Les petites rues étroites ne vous aident pas et votre cible semble éviter tout poursuivant en se faufilant dans les méandres du vieux Paris. A cette heure de la journée, les passages sont encombrés de parisiens à la recherche d'un endroit idéal pour passer la soirée et les rabatteurs tiennent de beaux discours sur le palier de leurs échoppes pour intéresser les clients. L'homme au manteau utilise ces attroupements pour se fondre dans la foule et vous risquez de le perdre de vue. Vous devez choisir entre vous rapprocher de lui, au risque de vous faire repérer, ou d'abandonner. Le malandrin est très doué !
Vous décidez de laisser tomber la poursuite : vous avez un cambriolage à mener à bien et vous perdez tout simplement du temps !

Si vous souhaitez retourner à la carte d'Arsène Lupin :

RETOURNEZ EN PAGE 9

LES ÉVADÉS

Le prisonnier n°88 vous attire dans un coin de la cellule et vous indique quel chemin suivre en traçant un plan dans la poussière, à l'abri du regard des deux autres. Lorsque les autres sont endormis, et avec son aide, vous soulevez la dalle qui cache le passage et vous descendez dans les passages voûtés. Le parcours est difficile et désagréable. Sous de vieilles voûtes pleines de toiles d'araignée qui vous forcent à avancer à moitié courbé, vous marchez dans de la boue nauséabonde, alors que des rats vous regardent passer d'un air menaçant. Vous allez de couloirs sombres en passages puants pendant ce qui vous semble durer des heures et vous tombez même sur le squelette d'un prisonnier qui n'a jamais trouvé la sortie. Heureusement pour vous, vous avez un guide !

Finalement, au bout de près d'une demi-heure d'errance éreintante, vous voyez enfin la lumière du jour. Vous et votre compagnon de cellule rejoignez un des nombreux cours d'eau souterrains canalisés qui se jettent dans la Seine. Le soleil, l'air pur et surtout, la liberté, vous récompensent de vos efforts. Après avoir remercié l'autre prisonnier, vous retournez enfin dans votre repaire pour un bain bien mérité. Il vous tarde de reprendre vos préparatifs : qui sait où en sont les autres concurrents ?

Si vous souhaitez retourner à la carte d'Arsène Lupin :

RETOURNEZ EN PAGE 9

LE SECRET RÉVÉLÉ

Vous faites main basse sur la collection et rejoignez le balcon sans être repéré. Redescendre la façade et rejoindre le jardin ne sont que des formalités. Avec votre tenue de laitier, vous vous présentez à l'un des gardes en prétextant que c'est l'autre qui vous a laissé entrer et vous quittez les lieux du crime sans coup férir. Lorsque vous rejoignez enfin Arsène Lupin, vous prouvez au gentleman cambrioleur que vous êtes digne de suivre son enseignement en déposant les bijoux sur la table basse. De plus, vous lui apprenez l'implication du célèbre professeur Moriarty. Votre nouveau mentor est particulièrement impressionné par votre victoire intellectuelle sur le génie du mal britannique.

« Mon cher, vous êtes le grand vainqueur de cette compétition, bravo ! Votre ténacité et votre ingéniosité vous ont guidé au travers des obstacles.
Naturellement, vous avez remarqué que ce cambriolage n'était pas un simple test, c'était probablement l'opération la plus compliquée que j'ai envisagé de ma carrière et elle n'était pas destinée aux débutants, comme je l'ai laissé croire. Car, voyez-vous, le but n'était pas de me trouver un apprenti, mais bien un successeur. »

Alors que vous alliez répondre, il vous fait taire d'un geste.

« Je sais ce que vous pensez, je ne suis pas assez vieux pour prendre ma retraite, loin de là, mais je suis bien assez riche ! Je vous laisse tout ce qui fait Arsène Lupin et surtout le nom, ce nom qui fait la une de la presse et enrage la police. Le pouvoir du nom est incroyable et c'est ce que je vous lègue, mon cher. Vous êtes à présent le seul et l'unique Arsène Lupin, l'homme aux mille visages, le gentleman cambrioleur. »

« Non, ne dites rien et ne me remerciez pas, je ne vous demande en échange que de vous montrer à la hauteur de la réputation que j'ai mis des années à créer : soyez audacieux, soyez imprévisible, soyez flamboyant ! Sur ces dernières paroles, je vous laisse, nous ne nous reverrons plus. N'en soyez pas attristé. Je vous assure que j'aspire terriblement à une nouvelle vie de tranquillité et je continuerai à vivre le grand frisson des actions d'éclats en découvrant vos exploits à venir dans les journaux. »

Dans un grand mouvement de manteau, l'homme qui fut Arsène Lupin se lève, vous salue bien bas, emprunte la porte avec grâce et disparaît dans la nuit. Dorénavant, vous êtes le seul et unique gentleman cambrioleur. Il va falloir vous montrer à la hauteur. Dans le miroir du petit salon, le sourire qui se dessine sur les lèvres de votre reflet vous montre à quel point vous êtes prêt à relever le défi. Les trésors de France n'ont qu'à bien se tenir ! Pourquoi seulement de France ? Que diable, du monde entier !

E NOUVEAU JOURNAL
N40.235
LE PLUS FORT TIRAGE DES JOURNAUX DU MONDE ENTIER
ABONNEMENTS
SIX PAGES 5 CENTIMES
ABONNEMENTS
Lundi 13 février 1906
ANNONCES

LE NOUVEAU JOURNAL
Lundi 13 février 1906
LE PLUS FORT TIRAGE DES JOURNAUX DU MONDE ENTIER
TRENTIÈME ANNÉE — N40.235
DIRECTION
ABONNEMENTS
SIX PAGES 5 CENTIMES
ABONNEMENTS
ANNONCES
ARSÈNE LUPIN
A ENCORE FRAPPÉ !

NOTES

NOTES

ESCAPE QUEST n° 4 – Mai-Juillet 2019 – 12,90 €
BEL/LUX : 13,40 € – SUI : 20 CHF

ESCAPE QUEST est une publication trimestrielle de Ynnis Éditions.

SASU au capital de 10 000 euros. RC Paris 79325950800018.
Siège social : 29, rue du 4 septembre, 75002 Paris

Directeur de collection : Cedric Littardi
Responsable éditorial : Camille Lepage

Histoire et Game Design : David Cicurel, Frédéric Dorne
Illustrations : Tiffanie Uldry
Conception graphique et mise en page : Claire Perrier-Imhoff-Boué
Corrections : Nicolas Lion
Fabrication : Céline Antoine

Ont collaboré à ce numéro :
Camille Lepage, Céline Antoine, Estelle Cang, Marion Cochet-Grasset,
Raphael Bourez, Vincent Diez, Tiffanie Uldry, Claire Perrier-Imhoff-Boué, Nicolas Lion

L'illustratrice tient à remercier Julien Mindel pour son soutien, Jean-Baptiste Loubet pour ses précieux conseils, Faïza Sahraoui pour les indispensables pauses goûter ainsi que Claire Perrier-Imhof-Boué pour tout le travail fourni à mettre en valeur les illustrations.

Pour toute correspondance, adressez votre mail à contact@ynnis.net

Si cette publication comporte des erreurs (nul n'est parfait),
nous vous prions de bien vouloir nous excuser pour les éventuels désagréments causés.

Imprimé en Turquie par : JJ Production, 12 avenue Raspail, 94250 Gentilly
ISSN : En Cours
Dépôt légal à parution
Distribution presse : MLP
Distribution complémentaire librairie : La Diff et Hachette Livre
Distribution complémentaire jeu : MAD Distribution (contact@madistrib.com)